ふらここの涙

九年目のふくしま浜通り

みうらひろこ詩集

コールサック社

詩集　ふらここの涙

――九年目のふくしま浜通り

目次

Ⅰ　ふらここの涙

Ⅱ　潮騒がきこえる

Ⅲ　大きな砂時計

Ⅳ　陸奥《みちのく》の未知

詩集　ふらここの涙

——九年目のふくしま浜通り

みうらひろこ

Ⅰ　ふらここの涙

ふらここ[*1]の涙

人の姿が消えて
人の足音も息づかいも
すべてが消えてしまってから
幾つもの季節が移っていった

阿武隈山系の赤松の枝を揺らし
風は海へ向かって吹きぬけてゆく
その風の中に私は所在無げに
思い出に浸り身をゆだねてゆれてます

この里[*2]の小学校に
大勢の人や家族が押し寄せて
私は思いもよらず沢山の子供達に囲まれ
幸せなひと時を過ごしたのは
この校庭の隅に私が「設置」されてから
初めてのことでありました

風の音でもない
すさまじい人の声と車の音に
私が目覚めさせられたのは
二〇一一年三月十五日の早朝でした
昨日まで私と夢中で遊んだ子供達が
私に心を残したまま
親達の車に押し込められるようにして
もっと西の町へ

ここからもっと遠い所へと立ち去り
その日からずうっとここは
無人の里になったのです
時折見回りに通る車の音と
山を渡る風の音だけの世界は
それは淋しく悲しく
私はひしひしと孤独をかみしめました

二〇一八年一月三十一日
スーパーブルームーンとよばれた月が
皎皎とあたりを照らし
まばらに雪が残った校庭に
いくつかの影をつくり
私の影も風に揺れていました
錆びついた鎖の

連結目《つなぎめ》の擦れた箇所に届いた月の光が
滴のように見えたのは
人恋する私の
涙だったのかもしれません

私と遊んだ子供達は
どこで暮らしているのでしょう
すっかり大きくなった子供達の
心の中に
私と遊んだ記憶が
ふるさとの悲しい思い出と共に
揺れているのでしょうか

＊1　ふらここ＝ブランコ
＊2　浪江町津島地区

牛の哀しみ ——偲ぶもの——

あの牛たちが今夜も私を眠らせない
夜中に目を覚ますと天井の闇が
牛の黒々と潤んだ瞳と重なり
私が再び眠りに吸い込まれるのを妨げるのだ

あの大地震の翌日、隣町の原発事故で
私達は我れ先にと逃げねばならなかった
置き去りにして来た牛たちが
時折私の記憶の襞の中から覗き見して
この世の不条理な仕打ちを訴えているのだ

町の中から人間が消えようとしていた日
自由に生き延びてくれよと
牛は牛舎の閂《かんぬき》の掛かった扉を開け放たれ
おそらく戸惑いながらも本能の赴くまま
すぐ近くの小川の水を求めただろう
あの隣家の牛たちは種牛だったから
種付けされて何頭もの仔牛を産んだ
産まれたての仔牛は
母牛の羊水の湯気の中に覚束無《おぼつかな》く立ち
映画で観たバンビのように愛らしかった
仔牛は六ヶ月ほどでセリにかけられ
新しい飼い主に育てられ
やがて人間さまの胃袋を満たした牛の一生

いまこそ牛は自由になったのだ
原発事故のせいで野に放たれ
牝牛は牡牛と出逢い
人の手からの受精ではなく
本来の愛の溢れた仔牛を産んだ
人間を知らない仔牛は
野生牛となって自由を闊歩しただろうか
一時帰宅をする人間の時折り通る車の音に
なつかしそうに雑草の中から
親牛たちは姿を現すのだが
白い防護服姿の人間に怯え後ずさりした
あの牛たちはやがて捕らえられ
処分されたのだと知った

故郷を追われた人間達が

愛して止まないあの土地の
肥沃だった土の中に埋められた牛たちよ
未だセシウムの雨の降りそそぐ
セシウムのしみ込んだ土の中に
沢山の牛の哀しみが
やがて花や草や樹木の種を育て
この地球を覆いつくすにちがいない

忠犬たち

その昔、江戸中期から明治初期にかけ
伊勢参りが全国的に流行ったころ
経済的な理由や病気　高齢で
自分がお参りに出向けない場合
自分の家で飼っている犬に
願いを託して
代理参拝させたことがあったという
多くは白い犬がその役目を担い
目印の木札を首に提げ
犬は伊勢神宮のお札を持ち帰った

神聖な場所から戻った犬を
その功労と忠誠をたたえた飼い主が
参宮犬の碑を建立したのだ
青森県から伊勢に向った参宮犬が
いたと記す古文書も残っているらしい
犬は道中見知らぬ人らに
宿場から宿場まで案内してもらい
宿場では食事の提供も受けたという
このほど宮城県のある寺の参道に
ひっそりと建つ参宮犬の石碑が発掘され
新聞でその記事を読んで
犬の忠誠と忠義を思って胸が詰まった

原発避難した町や村から人が消えても
空き家になった家を守り

飼い主の帰りをひたすら待ち続けた
多くの犬がいたことを知っている
犬や猫はボランティアに保護され
施設で餌や水を与えられ
飼い主が迎えに来るのを待っているという
差しのべたボランティアの保護の手をすりぬけ
雑草におおわれた無人の町や村を
さまよっている犬のことも知っている
哀しいまでに人間に忠実な犬たちよ
空に浮かんだ白い雲に
犬と人間の哀愁を感じた

桜町

どこを歩いても桜に出逢った
私はこの町を
桜町とひそかに名付けた
坂を登りきるとそこにも桜
坂の数だけ
桜の大木もあるのではないか
名も無い桜に
私だけの呼び名を付けた
城南桜
ひと息桜
堀北桜

私が勝手に名付けた桜は
今年も見事に咲き誇り
そしていさぎよく散っていった
桜町に舞い散った花びらが
道の片隅に吹き寄せられ
吹き溜まりのような
私の人生を重ね合わせた終着駅
華やかに咲き誇った思い出も
遠くに霞んできたのだが
あと何年、この桜町で花を愛で
坂の上の桜に会いに行けることだろう
私が勝手に名付けた桜
城南桜
ひと息桜
堀北桜

三月の伝言板

三月になると今でも伝えたい事があります
桜の開花予想が発表されたばかりの頃
大きな地震に見舞われたあの日を
私は生涯忘れることは出来ないでしょう
「先に公民館に行ってなさい
　あとで迎えに行くからね」
散乱した家の中を片づけていた母が
私に残した最後の言葉でした
「ここの公民館も危ないから
　もっと高台の神社まで登って下さい」

叫ぶような声に、大勢の人達に押され
心を残しながら神社まで走りました
〈神社に迎えに来て下さい〉
公民館の伝言板にメモってる暇はなかったのです
異様な音と臭いに石段の途中で振り返ると
黒い波は今しがたいた公民館を呑み込むところでした
「後ろを見るな、止まるな、早く登れ！」
声にせかされ夢中で神社の石段を登りきり
一息ついて目にしたものは
津波に流されてゆく町の姿でした
呻く声、泣き出す声、どなるような声
すさまじい喧騒の中で叫びつづけました
「お母さん、神社にいるから迎えに来て」

いくら待っても母の姿はありませんでした

神社の境内から家並みの向こうに
きれぎれに見えた海でした
今ではすっかり町が消えて
凪いだ水平線が間近く見えます
七年目の三月が巡ってきました
桜の蕾が膨らみはじめ私も大人になりました
〈お母さん、いまどこに居るの
　今度は私が迎えに行きますよ〉
悴《かじか》んでいた心の伝言板の文字が
潤んでくる三月です

千年桜

私はいつこの地に根づいたのだろう
私が幾多の戦火をくぐりぬけ
酷暑や風雪に耐えぬいているとき
こんな声を聞いたような気がする
　負けるな力強く根を張り大きくなれよ
それからこんな声もかけられた気がする
　美しい花を咲かせ、人々に勇気と希望を与えておくれ
私がずうっと後の世まで生き延びることが出来たのは
こんな祈りを託されてきたからではないのか

いつの世にも苦しみや悲しみがあった
そしていつの世の人も私に希望を持ち祈った
人の一生を旅にたとえるのなら
たかだか百年にも満たない旅に
私は変ることのない姿でここに在りつづけ
旅する人の一生を見つづけてきた
私の円周二十キロ圏内には
私の子孫が私と同じ花を着けているらしい
小鳥が私の実を喰み
体外へ排出する範囲が二十キロ圏内であることを、歩いて調べた人
　がいた
小鳥にとって生きぬくための飛翔の世界
小さな命の旅を終えるとき
そこに祈りの若い木が育っていることを
知っているだろうか

私の老いた枝々に副え木や支柱が施され
私の老体は支えられている
いつの御世であっても
私はここに在り愛でられ希望の樹として
あとどの位ここで人の祈りを受け止めることが出来るだろう
私に癒しを求め爛漫と咲く花の季節に
私に会いに来てくれる人々の
平和への祈りの心が波動のように私を包み
笑いさんざめく数多の人々に応えるため
恰《あたか》も滝が流れ落ちるような枝の端々まで
私は花を咲かせつづけたいと願っている

桜の季節

九年前・震災直後の春の最中《さなか》
仕事仲間達と本宮市の桜を愛でたあと
いつものランチには加わらず
家で仕事をしている夫にも
桜を見せたいと戻ったという
本宮・三春の桜をハシゴした日の夜
彼女の体調は急変し救急病院へ
タッチの差で先に搬送された病人がいて
当直の医師と看護士が
先の患者に関わっている真夜中

手当てを受けることもなくの死
家族には無念の思いが残っただろう

桜を見に行く前日のこと
破れたままにしていた居間の障子を
彼女は自分で貼り替えたばかりだったと
弔問に訪れた私達への家族の談話
まるで準備でもしたかのような彼女の行動
破れたままにしておいた障子戸を
貼り替える時間もなかった
忙しすぎた彼女《ひと》だった
私の夫はそれを聞いて夫の寝室の
破れた障子を私に貼ることを禁じた
高齢になってみると夫の気持がわかる
暮に夫が入院した

破れた障子は夫の意を尊重し
専門家に貼ってもらった
もっと早くそうすれば良かったと
明るくなった部屋を見て思った。

今年も桜の花便りは届き
近所の桜を見に歩けるまでに夫は快復
私には嬉しかった桜の季節
喜びも哀しみも桜の花びらに託し
花の季節は駆け足で過ぎてしまった

お裾分け

切り通しの両がわは若葉
いつの間にこんなに茂ってきたのか
ついこのあいだまで
冷たい風が吹きぬけていた坂
若葉を見ると
心が浮き立ってくるのがわかる

いま美味そうなトマト一箱求め
友達にお裾分けに行く坂
私も若葉からいただいた

沢山の春のお裾分け

翡翠

翡翠《ひすい》色の羽をした鳥を見たよ
あれは翡翠《かわせみ》だよ　生きた宝石さ

車の行き交う音や人声の喧騒もひびく
こんなに家屋が密集した町の裏に
忘れられたように流れている細い川面を
あの鳥が
宝石のような羽を広げてグライダーのように

原発事故の放射能から逃れて

浮き草のように漂って
流れ着いたこの町で求めた小さな家
故郷で帰りを待っている家の半分もなく
私の生き方への意欲も半分になったようで
やるせない虚しい気持を抱いて
この町や　この家を見限ろうとしていた朝
あの宝石のような鳥を見た
病葉《わくらば》が浮いた
小さな流れにひそむ雑魚を求め
あの鳥は生命を繋ぐため
身体を張って飛んでいるのだ

翡翠《かわせみ》よ
私の乾ききった折れそうな心の中に
素敵なブローチを飾ってくれたんだね

翡翠《ひすい》という濃緑色の宝石が
私の揺れはじめた気持を
この町に繋ぎ止めてくれたんだね
翡翠《かわせみ》がいるこの町を
翡翠が飛んでいる小さな流れが
私は好きになれるような気がした

Ⅱ　潮騒がきこえる

金魚鉢

君は何の前ぶれもなく
宿命という見えない網に掬われて
私達の金魚鉢の中に移ってきた

慎ましいいなかの窓辺に
不似合いな金魚鉢は
私達の埃を積もらせ
不透明な光を放っていた

自由に泳ぎ回ることのできた

水槽を時折恋しがりながら
静かな環境にすぐさま順応し
私達を安堵させてくれたね
君に寄せられる憐憫《れんびん》の視線を跳ね返し
この世の地獄にも似た哀しみと対峙した君よ
計り知れない心の闇を
私達新しい家族と分かちあおう

遥か東シナ海で
ひと吹きの風に生まれ出た波は
何百マイルも離れた海岸に打ち寄せ
その大きなウェーブを征服せんとばかりに
技を競うサーファー達に挑みかかり
君は大切な人を
瞬時にして失ってしまったのだ

騒然となった初秋の浜辺で一人
ママ*との思い出を断ち切った海に背を向け
君は黙って石を拾い集めていたという

あの日私に握らせてくれた石は
喫驚に耐え
涙をこらえて握りしめていた
君の心の塊だったか
じっとりと汗ばんで
君の悲しみを凝縮していた

君が砂浜で拾ってきた石を
金魚鉢の中に入れてあげよう
石の重さは

君の新しい家族の絆となり
私達が元気に泳ぎ回る姿がよく見えるよう
ピカピカに磨きあげてゆこうね

＊　孫の母親。私どもの長女。サーフィン中の事故により享年二十九歳にて逝く

記念樹

息子を失って
精神《こころ》の緩んだ人を知っている
五十歳だったという息子の
幼かった日々の追憶にひたり
此岸と彼岸の危うい淵で
彷いつづける悲しい母を

私はまだ悲しい母になれないでいる
波乗りに行くと立ち寄った娘を
なぜ強く引き止めなかったのかと

後悔ばかりの愚かな母だ

五月の闇の濃い庭に
ソーラーライトの明かりが
螢のように光っている
私達の心に抱えこんだ闇の奥の奥まで
ぼんやりと灯る明かりは
巡りくる季節の鎮魂歌《レクイエム》のようだ

子供達の入学や卒業記念に植えた記念樹は
庭のそちこちで
花を咲かせ葉を茂らせ
毎年思い出を刻みつけてくれた

あんなに小さかった木よ

弱々しくて根づきを案じた事もあったけど
今ではしっかりと根を張り
花実のあとのお礼肥を施すため
サクサクと掘ったぐらいでは
きまって翌年をそのシッペ返しで
花や実づきが芳しくない

深く掘れもっと掘れ
肥料をたっぷり放り込め
木々の力強さと反比例してゆく体力を
叱・咤・激・励している我が身に
思わず嗤ってしまいながら
これから辿る年月の重さに
耐えてゆかねばと思っている

孫が友達とボール投げに興じている
まぐれにバットに当たったボールは
叢に入り姿を消した
宝捜しをするように
みんなで捜そう笑いながら楽しく捜そう
幸せの卵色したボールを捜そう
幸せだった昔に植えた
あの記念樹の根元のあたり

ストライク

母親を呑みこんだ海にむかって
少年は砂浜で拾った小石を
投げつけた

投げても投げても
涙も湧かない悲しみは
凪ぐこともなかった

マウンドに立った少年は
あの時のことを

ふいに思い出した
少年の周りを包んだ潮騒
　勝ちたい
バッターが身構えている
キャッチャーのサインに肯《うなず》いた
こいつが勝負球だ
見てろよ母さん
俺は泣いたりしてない
少年の渾身をこめた左の腕《かいな》

スタンドから
グラウンドへ向かって
怒濤のような歓声が
沸き上がってきた

遠い日の潮騒の中に
少年は佇んでいた

潮騒がきこえる

晴れた日は
隣町の火力発電所の煙が見える
建屋は白く光り
長い煙突から吐き出される煙のなびきで
その日の風の方向を知ることができる
――あそこで雲を造っているのか
幼かった孫が
大発見したかのように車の助手席で叫んだ
この町に住みはじめた頃のことだ
ぶ厚い積雲のような煙は

雲と見まごうばかりに
空に向かって吐き出されていたのだ

原発事故で故郷を後にした日
あの時発生したプルーム*は
北北西の方向に運ばれて
私達が逃げまどった先々の上空に漂った
とにかく情報が届けられなかった
無防備・無抵抗・無知識のまま
身一つで故郷から追われたのだ
事故後に知った
計り知れない放射性物質の危険性を
七年かかって少しだけ学ぶことが出来たけど
当事者以外、ほとんどの人達は
記憶の片隅に追い払い、忘れられ

差し当たっての危ない事案といえば
北のあの国からもたらされているのだが
Jアラートが鳴り響いても
この陸橋の上では
どこに身を潜《ひそ》ませればいいのだろう

あの日大暴れした海は凪ぎ
家並みのむこうに水平線が見える
毎月十一日の月命日になると
七年ものあいだ
波に呑まれて今も還ってこれない人達の
手がかりを求めようと
海岸を一斉捜索する県警や
ボランティアの人達がいる
時には吹雪く海岸で

時には油照りの砂浜を
きょうは小春日和りの月命日
私も静かに目を閉じた
火力の煙に乗って
遠くから潮騒がきこえたような気がした

＊プルーム　爆発で生じた放射能の気体の塊。風向き次第で雲のように移動する

少年は荒野へ

五つの小学校が集まった統合中学校
少年はこの春この中学校に通学
同じクラスの後ろの席の女の子はT小出身
他の学校から来た
どの子より可愛らしいと感じた
　つき合って下さい
少女へ渡した小さな紙片
翌日少女が返してよこした紙に
　ごめん
その三文字で少年は知る

すぐに拒否しなかった
少女の優しさと隣り合わせの惨忍さを
淡い期待をもたせてくれた前夜を思った
ああ少年よ
君は今　人生という荒野へ足を踏み入れた
果てしなく長く
見渡せないほど広い
大人の誰もが歩いてきた荒野
君の両親もそして祖父母さえ

少年よ、君は沢山のことを
その荒野から学びとるだろう
雨に降られたり青い空に癒されたり
美しい花畑に目を奪われ
風と小鳥の交わす音に

耳を傾けることもあるだろう

人生は長くて広い
君はここで魂をみがき
もっと沢山の友達を探してゆくのだ
涙と汗の中から
自分も人も笑顔にさせ
人生という未知の荒野を耕してゆくのだ
今の何倍も大きく逞しくなって

料理教室

（Ⅰ）厚焼き玉子

三人家族だから
玉子を三個ボールに割る
ネギを小口に切って
塩サバの身をほぐし
うす口の醤油とミリンを加える
三人の意志は
有無を言わせず
掻き混ぜられて

油をうすくひいた
四角いフライパンの上

――大風が吹いた後ぐらい
雨樋《あまどい》の点検をしてくれてもよさそう
いつだって雨が降ってから
雨樋から溢れ加える雨水に
　軒下を汚されて……。
私は玉子を焼きながら愚痴《ぐち》る

――いつだってサンダルを
きちんと脱ぎ揃えないで
　家の中に入ったためしはないぞ
つれあいの愚痴を聞き流して
私は丁寧にフライパンの玉子を巻く

愚痴がたまった厚焼き玉子は
それはそれで旨そうなのだが
少しシャレた皿に
玉子焼きを盛りつける
大根おろしも添えてみよう

毎日一つ屋根の下で
三人三様の発想が攪拌されて
三枚の皿にとり分けられ
少しずつ老いてゆく時間を
共有しながら食卓を囲む
ふらりと入った店で
一目で気に入って
サイフの中身と相談しながら

求めてきた皿
厚焼き玉子は
皿の上で黄色い花を咲かせたように
食卓をなごませて
大根おろしの辛味が
ほどよく舌になじんで
三人のおしゃべりが
白身のように
トロリトロリと美味になる

（Ⅱ）お蕎麦の茹で加減

蕎麦を上手に茹《ゆ》でるには
所用の時間より一分早く火を止めて

素早く氷水で洗うといいらしい
水気を切って
器に盛りつけ
　通*ぶらずにたっぷりつゆをつければ
更に旨いことこの上なし
薬味は小口のネギやワサビ
それに腹だたしくなるような
近頃の社会情勢も加えて

ワサビの辛さが鼻にぬけて
涙がこみあげてくるのは
実の親に虐待されて死んでいった
見知らぬ子供達への鎮魂歌
一分早く茹であげた分
歯ごたえもシコシコするから

国民へ理不尽な痛みを強要し
政治理念を掲げる人の言葉を
しっかり咀しゃくしても
私はまだ上手く消化出来ないでいる

＊
落語の小話から
通ぶっていた男が死に際《ぎわ》につゆたっぷりつけて蕎麦食いたかったというオチ

手紙

スーパーのケースの中で
私を買って買ってと主張している
コーヒーゼリーたちよ
　カフェゼリー、ホワイトモカ
　ぷるぷるゼリー×《かける》クリーミーソース
一カップのスペースに賑やかな表示
私にはコーヒーゼリーだけで充分に
その美味しさを味わうことが出来るのに

私の言葉も

プルプルしていたかも知れない
クリーミーソースで塗《ぬ》り込むように
一寸ねっとりした言葉で絡めて
そう、ずうっと若い頃
こんなふうにしてあの人に手紙を書いたのに
待ってた返事はこなくって
とても悲しい思いをしたけれど
しっかり固まった気持もなく
どこか不安定な私の生き方を
無器用なあの人は
上手く掬いとることが出来なかったに違いない

コーヒーゼリーを食べ終えたら
あの人へ手紙を書いてみたくなった
遠い日の打ち上げ花火にも似た初恋

人生の黄昏れ時に
大輪の思い出が甦《よみがえ》って
拝啓・前略・冠省
今、私のコーヒーゼリーは
ほど良く固まり
上手に仕上がってきました
かしこ

たそがれ風景

総合病院の待合室にいるときは傘が必要だ
天気予報士がにっこり笑って
夕方は傘が必要になるでしょう
そんなかんじでお持ちになるといいでしょう
たとえばそちらの初老の夫婦
婦人はスカっと決めているのに
夫のほうといえばヨレヨレして
まるで下僕か下男の（失礼）風情
あちらの一寸見てくれが良いカップル
好みの良いシャツにベージュのズボンの夫

妻もさりげないオシャレな身仕度
おそらく夫は素直で大人しく
妻好みのお仕着せを当てがわれ
逆らいもせず身につけているのだろう
幸せが垣間見えてくる

キャリアウーマン風の制服姿の女性
度々受付に行っては催促
もう少々お待ち下さい
順番がきたらお呼びします
私にも覚えがあるけれど
仕事の合間に時間休をとっての受診
子供や親の受診の時に
一日休んで病院に来る事態もあり
自分のときはゆっくり受診もままならない

とかく女は忙しい

妊婦が大きな腹をかかえ
待ちくたびれた小さな子をあやしている
車椅子で順番待ちの人
両わきを支えられて診察室に入る人
ここのエリアでは
すっきり晴れている人などいない
すべての人が病んでいる
ジトジトそぼふる雨のような
身体のどこかに病をかかえている
私は独りで傘の中から観察している
私にだって病んでる部分はあるのだけれど
何喰わぬ表情で
たそがれ風景をながめている

忍び風

寒くて私は着ぶくれている
まるでふくら雀のようだ

昨年の春に買い求めたこの家は
どこからともなく風が入ってきて
廊下と居間を仕切っている
ガラスの戸を鳴らすのだ

前の持ち主に私が一番先に確認したのは
建物への風の当たりはどうなのかと

そのことだけを気にして
その有無だけがすべてで
ゆずり受けることに決めたのだった
心地好い陽ざしの中で
売り主と買い主の私達の商談は成立し
不動産屋の応接室で
一本〆めをしたのだった
日当たりがいい、玄関の方角もいい
一年半前にリフォーム済み
それで中古には見えない外見
しかし住んでみてわかった
どこからともなく風が忍び込んでくるのだ
後悔はしてないけど
家の中のことなど尋ねもしなかった
建物への風の当たり具合だけを気にしたのは

この家に移る前の借り上げ住宅で
風の猛威にさらされたからだ
――ここは風の強いところですよ
隣家の人の言葉通り
古かったテレビのアンテナが飛ばされ
ビール箱が庭に吹き飛んできた
家を揺らすような風に耐えた
避難先の借上住宅で三年
だから売りに出されたこの家にホレこんだだけのこと
晩秋になって忍びこんでくる風に
私は一枚多く着こんで丸くなっている

女の道

その時私は右膝の靭帯を痛めて
自分の車の運転やバスの乗降も無理で
クラス会の出席を泣く泣くあきらめた
後日、その時の様子をきいてみると
これぞまさしく〝女の道〟というものではないか
印刷会社のお嬢だったI子さん
つれあいが脳の病気で言葉をうばわれ
毎日筆談の生活とか
例えば「本屋」と書いた紙を渡されると
つれあいを車に乗せて

団地の外にある書店へ置いてくるという
彼はひとしきり本を漁ると書店を出
団地行きのバスに乗って一人で帰ってくる
誰と口を利く必要もなく
彼女も色々やりたい事が出来て
夫の本好きを喜んでいるという
N江は家庭のある上司にぞっこんになり
相手をたじたじさせた挙げ句の結婚
年令もかなり離れていたから
元上司のダンナは寝たきりになり
十年以上の介護生活という
アイドルだったA子ときたら
糖尿病で全盲になった夫をかかえ
それでも嗜《たしな》んでいたお茶とお花の弟子たちに
先生と慕われて　それが今の生きがいとか

原稿用紙の上で
男に捨てられ　男を追いかけ
いやもっと薄幸な女を創作しているわが夫《つま》を
叱咤激励し、この春高校生になった孫の
毎朝の弁当作りに苦慮する私
今春から、小・中学校の給食費は無償ときけば
正直羨ましさと切歯扼腕《せっしやくわん》する私
現実の道を見つづけて生きてゆく
七十五歳の女道

Ⅲ　大きな砂時計

大きな砂時計

「大きなノッポの古時計は
おじいさんと一緒に百年
静かな時間を刻んでいた」

ある日私達は持ってしまった
核災[*1]という砂時計を
あの日、三・一一、
千年に一度という大地震と大津波
安全といわれた原子力発電所の事故で
放射能という得体の知れぬ恐怖と

気が遠くなるような半減期を待つ明日を
砂時計は刻みはじめたのだ
「インスタントラーメンに熱湯を注いで
　三分間待ちなさい」

短いんだか長いんだか
宇宙の時刻は
克明に人類の生きる時間を消却しはじめた
砂時計はこの世の砂漠だ
人間の叡智を注いだ
サソリ*2やアライグマ*3の生命さえ
高濃度の放射性物質は
フンとばかりの鼻息で吹き飛ばしたのだ
人間の生命だって

フンと砂嵐の中で消されてしまうだろう
何時？何分？何秒まで行き届かないうち
砂時計の一粒の命が
オアシスのように恋い慕う
近くて遠いふるさとの夢を見ながら……。

＊1　南相馬市若松丈太郎氏の造語
＊2　原子炉格納器の様子を写すため開発されたカメラ付きサソリ型のロボットの愛称
＊3　原子炉建屋の床を水で洗う除染ロボットの愛称
　＊2と＊3は億単位の開発費がかかったにもかかわらず
　過酷な現場で数分で故障した

〃までい〃な村から

（一）

いいたて村があります
飯舘村と地図には記してあります
〃までいの村〃の宣言をしてました
までいとは丁寧とか、心を込めて
という意味があります
村民はみんなそんな生き方をしていました

あの三・一一の大地震の翌日の原発事故で

放射能のことなど
何も知らなかった周辺の町から
多勢の人達が避難してきました
何しろ原発から五十キロも離れていたので
ここなら安全だろうと
思い込んだ人達が村に溢れたのです
しかし放射性物質を含んだ雨は
風に乗ってこの村へ降り注ぎました
それから一ヶ月近くも
飯舘の人達はこの地に留めおかれ
やっと村ごと避難したのは
四月も末のことでした
特産品の〝いいたて牛〟を飼育していた
牛農家は苦悩しペットの犬や猫も置き去りに
しなければなりませんでした

（二）

いまこの村に人影はありません
窓をしめ、エアコンを止めた車が
すごいスピードで走っているだけです
福島県の中通り地方と浜通りを結ぶ
県道十二号を利用している車です
復興を加速させるこの道は
フレコンバッグと呼ばれる
除染で出た汚染土を詰めた黒い袋が
累々と、道しるべのように積みあげられてます
までいの村に、までいに積まれているのです

この袋はこの村だけではありません
あの日からフクシマと呼ばれ

あの日から五年過ぎたいまも
原発避難している町や村の
どこにでもある風景となりました

この黒い袋の中味は
故郷を失った人達の
悲しみが詰まってます
人々の怒りではち切れそうです
かつて緑で覆われた豊かな田や畑に
牛や馬がのどかに草を喰んだ牧場に
フレコンバッグは
きょうも積み上げられてます

避難解除

民の声はいつも風にかき消される
『帰っても良し』
威圧的な国からの指示
民の声はあらがうように私語《ささや》く
生活のメドが立ってません　と。
大、小合わせた三千堰以上、ともいう
この地方に点在している堤やため池
それらの水底には
とてつもなく濃度の高い
放射性物質を含んだ土が

澱となって蓄積されているという
堤やため池の除染は非常に困難とか
町のそちこちに点在している
堤やため池と隣り合わせの住居に
『帰っても良し』とは、まったくはぁ。
厄介ものとなった堤やため池は
四百年以上も前
この地方を襲った飢饉のため
二宮尊徳（金次郎）の高弟による
のちに〝二宮ご仕法〟とよばれ
豊かな実りの大地へと化した
恵みのため池、堤であったのだが、
二〇一一、三、一一、原子力発電所の事故で
放射性物質が風に運ばれ
見えない雨となって　あの一帯へ降り注ぎ

ため池や堤の機能までをも奪ったのだ
見て見ぬふりされている極悪の現実
「帰りたいけど、帰れません」
風に背を向けか細く私語《ささや》く民の声

七年目の雨

髯もじゃだった男の顔に剃刀が当てられ
スッキリ男前になったような
いや、身ぐるみ全部剝がされたような
私共が避難前まで暮らしていた
温かく懐かしい家の姿はどこだ
柿の木、梅の木、柚子の木、ゆすら梅
実のなるものは野生動物を寄せつけるから
とにかくいっさい、スパッと根元から

あの日は梅の花が咲きはじめていた

取り残した柚子の実が霜にもめげず
黄金色に輝いていた
屋敷林の椿の根元は
散り始めた赤い花片で埋まり
姫こぶしの蕾もふくらみ
あと数日もしたらやわらかいピンクの顔を
のぞかせてくれたろうに　ひどい
ひどいよ、こんな殺風景な私の家
〝除染終了〟のステッカーと
蛍光色のテープを張りめぐらされ
きれいにしたから帰って来たら
これで国の仕事は終ったからねとばかり
風の中でヘラヘラ笑ってるみたいだ
豊作が続いた家の前の田は
放置されてからセイタカアワダチ草で覆われ

それらを除草し、土を入れ替え
その上に仮置き場の灰色の囲い
その内側に積み上げられている
黒いフレコンバッグの堆積物
家の中にあったものすべては
放射性物質にまみれ持ち出さない事が鉄則
嫁入り仕度の袖を通さなかった和服や帯
鍋、釜、皿、グラス、生活用品すべて
お気に入りのスーツや靴、アクセサリー
目を固く閉じてあの黒い袋の中に捨てた
あとは何を入れたか覚えてないけど
袋の数五十余り、平均こんな数量らしい

人間なんて未練がましい生き物なんだねえ
つまりは、〝凡小〟なんだろうよ

七年前にカムバック出来るわけもないけど
未練たらたらしたたらせ
濡れそぼった私が佇んでいる

デブリのことなど

デブリという用語を知ったのは
核災から六年目のことだ
メルトダウンした原子炉が爆発し
その時溶け落ちた核燃料のことだ
核災後八年
そのデブリなるものの実体がわかる
テレビの映像では
ウニ丼かと思うような色をしていた

デブリ（そいつ）に接触するため

いろんな呼称をもったロボットが開発された
何しろそいつは
高濃度の放射性物質を出しているため
サソリとかアライグマと名付けられ
開発されたばかりのロボットたちは
次々に制御不能になったり
溶けてしまって
人間の思いに応えてくれないのだ
私達の知らないところで
昼夜をいとわず働いている人達がいる
何億円というお金を注いで
技術者たちが開発したロボットは
わずか三、四秒で放射能のため力がつきた
そしてついに八年目にして
デブリに接触出来たロボットの登場

廃炉作業の第一歩だ
しかし高濃度のそいつ（デブリ）を
取り出した後、どこに置くのかと
新たな問題の発生

日本中の人達に知ってほしい
これが事故八年目の実態だ
トリチウムを含んだ汚染水の未処理の
増えつづけるタンクの群れ
未だ故郷に帰還出来ない四万余の人達
復興とは名ばかりの初期の段階だから
原子力発電所はもういらない

こっちに来ないか

コンビニに強盗　と
新聞の片隅の小さな記事
地元紙ならその数倍もの大きな活字
地元の人の談話まで載せて
――まさか　こんな静かな町に……
コンビニに押し入って数千円・数万円の稼ぎでも
でも　ドロボーはドロボーだ
金に困っているならさ
こっちの町に来て働いてみないか
今朝の地元紙のトップ記事は

『県内建設業・週休二日に』
かつては３Ｋの建設業界
きつい・きたない・きけん
今日《いま》じゃ〝新３Ｋ〟だって
給料・休日・希望
この記事を読んで唸った
いやーすごい進化・まさに働き方改革

東日本大震災の復興がすすまないのは
東京オリンピックの建設工事に
働き手が東京へ行ってしまったから
数多の企業が人手不足に喘いで
手を拱《こまね》いての恨み節
オリンピックいらない
オリンピックじゃま

今朝の折り込みにも求人募集の案内
こっちに来ればよりどりみどりの働き口
キャンペーンもやってるよ
〝おいでよ東北・おいでよ福島〟
人手不足解消に向けての
新3K記事と併せて
切ない思いでコンビニ強盗の記事を読んだ
こっちに来ないか
こっちで働いてみないか

信号待ち

――ちっ　思わず舌打ちした
少しだけスピードをあげれば
あの青信号は渡れたはずだ
私の車の前には大型ダンプが
法定速度とやらを律義に守って
立ちはだかっている
――やっぱりね
信号はもう赤に変ってしまったよ
ダンプカーはギリギリのスピードで
渡り終えて行った

――しばらく長いんだよね
信号待ちのもどかしさを思う

少しだけカーブした交叉点
前方に走ってる車一望
大型ダンプが七台も
私は七台目の尻についていたのか
この道路は震災後に復興道路として
急遽道幅を広げたものだから
他県ナンバーの大型ダンプカーの
お通り道路と化して
連日、巨体連ねたダンプが走る

かつてこの道は
お国を守るため

各村から集められた兵隊達が
村人の見送りをうけながら
駅に向かって行進した道だったという
震災後の復興のためのダンプ道と化し
兵隊とダンプカーを比喩してみれば
お国のため何かを成すことへの共通を
私は納得したのである
あ、やっと信号が変った
はよ渡れ

酷暑・猛暑・豪雨

つい一年前のことでしたよね
日本列島寒波襲来
予期せぬ大雪で
何百台もの車が国道で立ち往生したニュース
冷凍庫列島なる言葉も生まれ
身震いしながらの生活
それが梅雨も明けやらぬ六月末から
あの殺人的な暑さ
酷暑・猛暑を通り越し
〝危険な暑さ〟とテレビの天気予報官

連日熱中症で病院に搬送された人の数まで
テレビや新聞で報道され
水分を摂りましょう・塩を舐めましょう
テレビはテロップまで流している
それから何十年に一度という大雨の襲来
豪雨・ゲリラ雨ともよばれ
山を下った土石流は六秒で家や畑を押し流し
砂に埋没した住宅や車の映像
天候に蹂躙された人の世の営みは運だのみ

いま生きぬいてゆくために
呼びかけられている
ためらわずにエアコンをつけましょう
電気代の節約で命を落としてはいけません
大雨避難は

明るいうちに素直に高台や避難所へと
沢山の〝親切で親身〟なよびかけ
平成最後の季節の異変

まさか

人生には思いもかけなかった
沢山の「さか」があります
「まさか」がそうです
こんな訓辞どこかで一度位は
聞いたことがおありでしょう

水がここまで来ました
白い壁にそれとわかる汚れた跡
あそこの川が氾濫しましてね
まさかの水没でした

深刻な水害常襲地帯は
西日本だという思いこみ
自治体の治水対策の甘さというより
それこそ想定外とでも申しましょうか
全長２３９キロの阿武隈川*の
そちこちの支流が大氾濫
福島・宮城・岩手の三県は
令和元年十月の台風十九号と
そのあとの豪雨で深刻な被害を受けました

実は私もまさかの避難生活九年目です
「安心・安全」の神話の上に胡坐をかいていた
隣町の原子力発電所の事故で
いわゆる原発避難民なんですよ
古里では豪邸で暮らしていた人さえ

まさかの仮設住宅生活
望郷の思いをいだきながら
お骨になってからやっとの帰郷
「津波浸水域」の標識が
いわき市から新地町、宮城県の
国道六号線に掲げられてます
あの日、三・一一の震災津波の到達地です
津波は町や田畑を呑み込んで
この六号線で止まり、あるいは乗り越え
まさかの惨事でした
竜骨をさらした船や車が
アワダチ草の黄色い波に座礁
まさかここまで波が！
人生にはあっちでもこっちでも
まさかの坂があるものですね

私も直面してるとは
まさか思いもしませんでしたが

＊　日本で四番目の長さ、高村光太郎は「智恵子抄」で〝あの光るのが阿武隈川〟と詩《うた》っている

ペットボトルの上手な捨て方

あなたは飲み終えたペットボトルを
上手に捨てているだろうか
たとえば資源回収ＢＯＸに入れる時
『中を洗ってラベルをはがしキャップと分別して、
　本体をつぶして入れて下さい』
こんなにきちんと説明やお願いされてるのに
回収ＢＯＸの扉を開くと
飲み終えたばかりの生々しい姿
――その辺りの道路や叢の中よりはいいかも
ほんの少しの良心のかけら的捨て方

カラのペットボトルはゴミではない
資源という立派な生き方が待っている
その生き方に命を与えようとするあなた
ペットボトルを上手に分別し
清く正しく回収ＢＯＸに入れたあなた
もしかして〝神の手〟の持ち主⁉
ペットボトルの生まれ変わりを知ってますか
衣類・ファイル・ボールペンの本体・飾り石
もっと知ってるというあなた
あなたこそ本当の〝神の手〟を持つ人

カラになったペットボトルを
泣かせてはいけない
海流に乗って遥かなどこかの国の海

水深一万メートルの深い海に沈ませて
生態系を崩させてはならない
七年前の東日本大震災で
海岸近くの町や村から
ペットボトルの入った自販機は
大津波で消息不明になり
海鳴りになって嘆いているのかも知れない
今、手にしたペットボトルが
何かに生まれ変わりたいと大きな願望
健気な心を持っている
あなたが手に持つペットボトルを
泣かせてはいけない

Ⅳ

陸奥《みちのく》の未知

O先生のこと

――ボクに出来る支援というのは
　どんなことでしょう

患者の私に先生は問う

先生がこの病院に来てくれた事です
それだけでいいんです
あの病院へ行けば
O先生がいる
それが患者の支えになるんです

若いO先生は栃木県から
震災と核災で混沌としたこの町に
周囲の反対を押し切って
被災者の支援をしたいと
大きな身体で
狭い診察室の椅子に坐って
やさしい笑顔で包んでくれる

明日の見えない被災者の
ストレスからくる痛みやめまい
薬での一時しのぎは繰り返され
そうした患者は増える一方のこの病院に
O先生がいてくれる

ここの地方の伝統の祭り
相馬野馬追祭りに
出場する馬上の勇姿が
タウン誌の一面を飾った
O先生　それが私達に
勇気と気力と希望をもたらしてくれる
とても大きな励みなのです

夜のアトリエ

そのアトリエのカンバスには
馬が沢山闊歩していて
時には気負って嘶《いなな》き、鼓舞し
祭りの風まで感じられた
時にはやさしい眼に
闘志を燃やした光を宿し
主*が自宅へ引きあげた真夜中
馬たちはカンバスから飛び出て
己れの野馬追祭りに興じているのだ

ご神旗一番乗りをめざす
武士《もののふ》のムチさばきに
己れのひづめの音を響かせ
夏草蹴りたて
アトリエは夜の祭り

真夜中のアトリエの
馬や武士の勝ち鬨《どき》は
決して外に漏れることはないはずだが
夜の帳《とばり》のほんの綻《ほころ》びから
相馬の人達は
ふと耳にすることがある
祭りが近づいた夜明け前
馬の嘶きとひづめの音を

＊ 南相馬市の馬の画伯 朝倉悠三氏 令和元年九月死去

歴史をつないで ——武士《もののふ》の夏

新しい時代の相馬《そうま》地方の夏だ
海は夏の陽を染め
空は海に向かって広がってゆく
言霊の幸《さき》わう国の令和元年
相馬の郷人《さきびと》たちが心を燃やす夏の祭り
相馬野馬追がいまはじまる

幾多の惨禍をも乗り越え
鬨《とき》の声を上げ鼓舞し
歴史を闊歩してきた勇みたつ駒の背に

甲冑《かっちゅう》　具足　旗指物
祖先の志《こころざし》と魂魄をまとい
今年も五郷*の武者たちが結集した
水泡《みなも》となった同胞への鎮魂をこめ
連綿と受け継いできた武士《さむらい》魂

海からの風に木漏れ日は揺れ
法螺《ほら》貝の合図に炸裂する花火
風をよむ一瞬の静寂
いざゆけ！
人馬一体大地を蹴って疾駆せよ
新しい時代につないできた
令和を生きる武士たちの夏の合戦《たたかい》だ

＊　北郷・宇多郷・中ノ郷・小高郷・標葉郷（旧相馬藩領地）相馬地方
＊　福島民報　二〇一九年七月二十六日掲載

揺らいでいる

私より先に家を出たはずの娘が
未だ登校してません、どうされました？
学校からの電話のことを娘に質すと
一校時は社会の授業だったから休んだ
二校時目から出席したけど何か？

五つ年上のお兄ちゃんは航空自衛隊員
社会の授業で教師は言ったらしい
自衛隊は憲法違反とかなんとかと
娘はクラス中の視線を受けて

いやな思いしたから社会の授業をサボった
私は次の日、時間休をとって
高校の校長に面談した
自衛隊への偏見を
授業で生徒に押しつけることについて
若かったな私
娘も元気に高校生してたんだ
それから十二年の短い人生だったけど
母と娘の濃すぎた時間を思い出す

お兄ちゃんは今でも現役の自衛隊員
東日本大震災で事故をおこした
福島第一原子力発電所の原子炉を冷やせと
国の命令のもと全国から集められた
陸・海・空の自衛隊員の一人だった

災害派遣のステッカー貼った車で
片道七時間の陸路往復二回

あれからまるっと六年
憲法がうたっている
基本的人権の尊重とは遠い
いまだ不自由な仮設住宅暮らしの人や
避難地での子供へのいじめ問題も
今頃になってそちこちから浮上
そして第九条が揺らいでいるから
自衛隊員の子を持つ親として
国民主権で申します、政治家さんよ
心あるなら起立も挙手も拍手もしないでくれ
改憲への賛成多数と云う
多数議席党による数の暴力の

きわめて不条理なもののために

陸奥《みちのく》の未知

ふり返ると穏やかな陽射しに
陽炎が揺れている町だった
大地震《おおなゐ》のあとの津波禍の土地は
泡立草が蔓延《はびこ》った荒野と化し
異郷のような禍禍《まがまが》しさに涙した日々
　雨ニモマケズ
　風ニモマケズ
賢治の詩《うた》と出会ってから
東北の農民は朝夕　呪文のように唱え
身をふるい立たせ

汗と泥にまみれて戦ってきたのだ

福島がフクシマとよばれてから
地震ニモ津波ニモ負《め》げず
原発事故後に降り注いだ
セシウムの雨ニモ負げず
風評被害ニモ負げず
根雪を溶かす大地のような意志で
私の郷の人々は戦っている

石もて追わるる如く
古里を我れ先に[*1]と脱し
ハイマート・ロス[*2]にされて七年
汐風の匂いが恋しくて
水平線の彼方に想いを馳せたくて

牛が草喰む緑の大地を踏みしめたくて
老いた人達が少しずつ帰ってきた

志半ばで逝った町長[*3]が頭《かざ》した理念
〝町のこし〟
日本のどこに住んでも浪江町民の
呼びかけは全町民二万一千人避難民の
私の胸にもつき刺さっているのだが

原発事故後の廃炉作業は
未だスタートラインに立ったばかり
現場での未知の作業と戦っている人達
汚染水が貯まりつづける立林のタンク
トリチウムなる処理も未解決のまま
あの事故は無かったことにされそうな懸念

ほどなく九年目に入る核災棄民[*4]
誰に向かって叫べばいいのか
美しかったみちのくを返せ
私達の町や村や平和だった日々を返せ

陸奥は未知の事でいっぱい
復興作業も
原発事故後の復旧工程も

＊1　石川啄木の短歌を参考
＊2　ドイツ語で故郷喪失
＊3　馬場有氏　二〇一八年六月死去
＊4　若松丈太郎氏の造語

「ふらここ」がいつまでも故郷で待ち続けている
みうらひろこ詩集『ふらここの涙』に寄せて

鈴木比佐雄

1

浪江町に暮らしていたみうらひろこ氏の第十一詩集『ふらここの涙――九年目のふくしま浜通り』が刊行された。前詩集『渚の午後――ふくしま浜通りから』から五年ぶりであり、原発事故から九年目を迎えた奥付で出された詩集だ。この五年間には浪江町に戻ることが出来ずに、いまだ仮住まいのような思いだろう。しかし夫で詩人の根本昌幸氏と孫と一緒に相馬市内に家を求めて暮らしを再建し始めている。福島の詩人たちの中でもこれほど東電福島第一原発事故から直接的な被害を受け、今も受け続けている詩人たちはいないだろう。夫の根本氏は江戸時代から続く「相馬野馬追」に関わってきた士族の家系であり、そこに嫁いだみうら氏は地域に根差した暮らしをしてきた方だ。それを一変させたのは、大震災・原発事故だった。初めに避難した先は浪江町の北西部の津島だった。ところが原発事故の高線量の放射性物質は北西の風に乗って津島やその先の飯舘村に降り注いでいた。みうら氏たちは、津島地区に避難したことで被ばくしてしまった。その被ばくの事実を踏まえて暮らしてきた思いが今回の詩集の根底に流れている。

みうら氏の詩の特徴は、身近にあるが普段気にも留めない暮らしの事物から、福島県の浜通りの人びとの心情を、それに仮託して一つの地域の物語にして紡ぎ出し、多くの人びとの心に届くような独特な寓話的比喩表現で詩を生み出していることだ。

2

タイトルの一部の「ふらここ」とは俳句の春の季語で漢字では「鞦韆《しゅうせん》」と記され、「ぶらんこ」のことを指して、「鞦《かわひも》」を「韆」（前やうしろに動かす）ことを意味している。古代では二本の革紐で横木の端を結んでゆすった遊戯を指していたのだろう。また「ぶらんこ」にはポルトガル語の balanço（バランソ）にも語源があるという説もある。みうら氏はなぜ「ぶらんこ」ではなく古語の「ふらここ」にしたのだろうか。それは昔から母子や子供たちが「ふらここ」で遊ぶという、ゆったりした時間への郷愁を抱いているからだろうか。また三・一一が起こった春を忘れてはならないと思い、春を想起するときの涙を「ふらここの涙」として自らの心に刻ませようとしたのだろうか。またみうら氏に引き付けるならば亡くなった娘や残された孫と遊んだ思い出を想起する時を「ふらここの涙」としたのかも知れない。いずれにしろ「ふらここ」の時間に回帰させ、「ふらここの涙」を読者自身に感じて欲しいと願って名付けたのだろう。

詩集題にもなった冒頭の詩「ふらここの涙」を引用してその試みを辿っていきたい。

人の姿が消えて／人の足音も息づかいも／すべてが消えてしまってから／幾つもの季節が移っていった／／阿武隈山系の赤松の枝を揺らし／風は海へ向かって吹き抜けてゆく／その風の中に私は所在無げに／思い出に浸り身をゆだねてゆれてます

一行目の「人の姿が消えて」いくことは、「人の足音も息づかいも」無くなり、人の存在感がすべて喪失してしまい時が過ぎていったことを告げている。その中で阿武隈山系の山々の赤松を揺らし、時に「ふらここ」のことも揺らし海へ向かう風が吹いていったのだろう。その風の中で残された「ふらここ」の「私」は「思い出に浸り身をゆだねてゆれて」いるのだ。

この里の小学校に／大勢の人や家族が押し寄せて／私は思いもよらず沢山の子供達に囲まれ／幸せなひと時を過ごしたのは／この校庭の隅に私が「設置」されてから／初めてのことでありました／／風の音でもない／すさまじい人の声と車の音に／私が目覚めさせられたのは／二〇一一年三月十五日の早朝でした／昨日まで私と夢中で遊んだ子供達

が／私に心を残したまま／親達の車に押し込められるようにして／もっと西の町へ／ここからもっと遠い所へと立ち去り／その日からずうっとここは／無人の里になったのです／時折見回りに通る車の音と／山を渡る風の音だけの世界は／それは淋しく悲しく／私はひしひしと孤独をかみしめました

この三連目の「この里」は浪江町津島地区であり、浪江町の北西部に位置し、東電福島第一原発から二五キロ以上離れている。原発事故後の三月十二日以降に町の多くの人びと、八千人から一万人ほどが避難してきたらしい。原発事故が発生し北西の方向に放射性物質は流れてきたので、風下にあたるこの津島や飯舘村には多くの放射性物質が降り注ぐことになった。しかしその情報は浪江町にも伏せられていたので、三月十五日になるまでみうら氏ら町民には知らされなかった。このことは「空白の五日間」とも言われているようだ。知らされた後の大混乱を「子供達が／私に心を残したまま／親たちの車に押し込められるようにして／もっと西の町へ／ここからもっと遠い所へと立ち去り」と記される。そして「無人の里になったのです」、「それは淋しく悲しく／私はひしひしと孤独をかみしめました」と津島地区の悲劇を「ふらここ」の存在を通して物語る。このような事態を引き起こした東京電力、国の責任にあえて触れない。それらに見捨てられた浪江町の人びとがいた事実を「ふらここ」に語らせることに徹したことがこの詩の歴史的な意味、すなわち叙事詩的であると同時に、より豊かな寓話的な広がりをもたらす詩にしていると思われるのだ。

二〇一八年一月三十一日／スーパーブルームーンとよばれた月が／皎皎とあたりを照らし／まばらに雪が残った校庭に／いくつかの影をつくり／私の影も風に揺れていました／錆びついた鎖の／連結目《つなぎめ》の擦れた箇所に届いた月の光が／滴のように見えたのは／人恋する私の／涙だったのかもしれません／／私と遊んだ子供達は／どこで暮らしているのでしょう／すっかり大きくなった子供達の／心の中に／私と遊んだ記憶が／ふるさとの悲しい思い出と共に／揺れているのでしょうか

五連目の「連結目の擦れた箇所に届いた月の光が／滴のように見えたのは／人恋する私の／涙だったのかもしれません」という表現には、みうら氏の独特な感受性の秘密が隠されている。「ふらここ」は人から見捨てられたが、自分を製造し子供たちと遊ばせてくれた人間たちを恨んでいない。むしろ捨てられても「人恋する私」と言ってその思慕を語らせている。六連目の「すっかり大きくなった子供達の／心の中に／私と遊んだ記憶が／ふるさとの悲しい思い出と共に／揺れているのでしょうか」では人間の子供たちへの想いが深く感じられる。いつの日か子供たちが「ふらここ」に乗って揺れてくれることを夢見ている。擬人化というよりも物には物を作った人の心が宿っていて、世界を考える時に物たちから人間社会はどう見られるかという視点を直観し、それを大事にしながら想像力を膨らませて詩作を試みている。その意味でこの詩はみうら氏を語るうえで重要な詩となるだろう。

3

一章「ふらここの涙」にはその他の九篇が収録されている。「牛の哀しみ――偲ぶもの――」では、「沢山の牛の哀しみが／やがて花や草や樹木の種を育て／この地球を覆いつくすにちがいない」と置き去りにされた牛たちを偲ぶのだ。「忠犬たち」では、人が避難しても「空き家になった家を守り／飼い主の帰りをひたすら待ち続けた／多くの犬がいたことを知っている」と言い「犬と人間の哀愁を感じ」ている。「桜町」「三月の伝言板」「千年桜」「桜の季節」の四篇では、福島の桜を通して、様々な観点から桜と共に生きる意味を語ってくれている。「千年桜」では、「私に会いに来てくれる人々の／平和への祈りの心が波動のように私を包み」、「私は花を咲かせつづけたいと願っている」と桜自身に語らせる。「お裾分け」「翡翠」などでは、他の詩篇と同様に大震災・原発事故後の福島県人の悲しみを物との対話を通して、乗り越えていく感受性の在りようを記している。

二章「潮騒がきこえる」十篇は、亡くなった娘の存在を明らかにしながら、残された孫と夫との三人の暮らしを描いた詩篇が中心だ。その生活を支えるみうら氏という存在がいつの間にか浮かび上がってくる。みうら氏の中に亡くなった不在の家族が今も息づいていて、家族の中でその不在の悲しみを共有することによって、暮らしが支えられているように感じさせてくれる。

三章「大きな砂時計」十篇は大震災・原発事故の後の八年間で感じたことを率直に語り、例えば詩「ペットボトルの上手な捨て方」などのような地球環境の危機を引き起こす文明の問題点を自らの問題として語っている。

四章「陸奥《みちのく》の未知」五篇では、足元の東北の土俗的な歴史や伝統の中から、未来の人間の生き方を探っていこうと試みられている。

最後に詩「デブリのことなど」を引用したい。この「デブリ」という「メルトダウンして溶け落ちた核燃料」をどのように取り出して処分をするか、増え続ける汚染水もどうするのかなどを問うて、復興がまだ初期段階であることを告げている。

デブリという用語を知ったのは／核災から六年目のことだ／メルトダウンした原子炉が爆発し／その時溶け落ちた核燃料のことだ／核災後八年／そのデブリなるものの実体がわかる／テレビの映像では／ウニ丼かと思うような色をしていた／／デブリ（そいつ）に接触するため／いろんな呼称をもったロボットが開発された／何しろそいつは／高濃度の放射性物質を出しているため／サソリとかアライグマと名付けられ／開発されたばかりのロボットたちは／次々に制御不能になったり／溶けてしまって／人間の思いに応えてくれないのだ／私達の知らないところで／昼夜をいとわず働いている人達がいる／何億円というお金を注いで／技術者たちが開発したロボットは／わずか三、四秒で放射能のため力がつきた／そしてついに八年目にして／デブリに接触出来たロボットの登場／廃炉作業の第一歩だ／しかし高濃度のそいつ（デブリ）を／取り出した後、どこに置くのかと／新たな問題の発生／／日本中の人達に知ってほしい／これが事故八年目の実態だ／トリチウムを含んだ汚染水の未処理の／増えつづけるタンクの群れ／未だ故郷に帰還出来ない四万余の人達／復興とは名ばかりの初期の段階だから／原子力発電所はもういらない

福島県浜通りの人びとの現状やその内面を知りたいと願っている方には、「ふらここの涙」や「デブリのことなど」を書き記すみうら氏の詩篇を読んで欲しいと願っている。

あとがき

コールサック社から、〝詩の降り注ぐ場所〟を与えていただき、その時代の世相の哀楽を詩《うた》ってきました。避難生活四年目に『渚の午後――ふくしま浜通りから』以後五年間の作品と、前回収録出来なかった作品、「卓」「海岸線」に発表した作品も入れると詩集としての形もととのいました。

コールサック社代表の鈴木比佐雄氏からの熱心なお勧めをいただき、病身の夫（根本昌幸）からも背中を押され、喜寿になった私の第十一詩集を編み上げる事ができました。

帯文をいただいた南相馬市の詩人若松丈太郎氏とは、私がまだ二十代のころ福島市での「エリア」の同人として以来のおつき合いです。いまでも詩人仲間としての幸せを思います。ありがとうございました。
編集・解説文にご尽力いただいた鈴木比佐雄氏、コールサック社のスタッフの方々、そしてこの詩集を手にし読んでいただいた方々に厚く御礼申し上げます。

二〇二〇年三月　　みうらひろこ

みうらひろこ　略歴

本　名　根本洋《ひろ》子

昭和17年　中国山西省大同県に生まれる。5歳で両親と引揚げ、両親の出身地福島市にて浪江町に嫁ぐまで生活。

「北国」「エリア」「蒼海」を経て、現在「卓」「海岸線」同人。

福島県現代詩人会会員、「コールサック」（石炭袋）各会員

著　書
詩集『コンペエ糖の星』『逝春歴』『海の狐』『遠くの日常』
『ユビキタス（自空自在）』『豹』『渚の午後──ふくしま浜通りから』
『ふらここの涙──九年目のふくしま浜通り』など十一詩集出版。

受賞歴
『豹』（第五十九回福島県文学賞正賞）
「三月の伝言板」（第三回永瀬清子現代詩賞入選）
「千年桜」（第二十回白鳥省吾賞最優秀賞）

現住所
〒976-0152　福島県相馬市粟津字粟津3-31 根本方
（本住所　福島県双葉郡浪江町）